Disney

魔雪奇緣
FROZEN

精選故事集

新雅文化事業有限公司
www.sunya.com.hk

魔雪奇緣精選故事集

友愛關懷篇

作　　者：Valentina Cambi
繪　　圖：Disney Storybook Art Team
翻　　譯：張碧嘉
責任編輯：黃碧玲
美術設計：許鍩琳
出　　版：新雅文化事業有限公司
香港英皇道 499 號北角工業大廈 18 樓
電話：(852) 2138 7998
傳真：(852) 2597 4003
網址：http://www.sunya.com.hk
電郵：marketing@sunya.com.hk
發　　行：香港聯合書刊物流有限公司
香港荃灣德士古道 220-248 號荃灣工業中心 16 樓
電話：(852) 2150 2100
傳真：(852) 2407 3062
電郵：info@suplogistics.com.hk
印　　刷：中華商務聯合印刷（廣東）有限公司
廣東省深圳市龍崗區平湖街道鵝公嶺春湖工業區 10 棟
版　　次：二〇二三年七月初版

ISBN: 978-962-08-8227-2

Published by Sun Ya Publications (HK) Ltd.
18/F, North Point Industrial Building, 499 King's Road, Hong Kong
Published in Hong Kong SAR, China
Printed in China

Disney
魔雪奇緣
FROZEN

神秘的寶藏

珍藏回憶

　　這是個特別的日子：愛莎和安娜的父親，艾爾納國王的生日。為了替父王慶祝，愛莎和安娜走到城堡的閣樓去尋找一些舊回憶。她們在閣樓的角落裏，找到了一個從未見過的大箱子！

　　「這個箱是父王的！」安娜大叫，她認得箱蓋上刻着艾爾納國王的皇家徽號。

　　「裏面會放些什麼呢？」雪寶問。

　　「我們一起來看看吧！」愛莎提議。

箱裏有許多艾爾納國王小時候的私人物件：玩具、衣服、肖像畫，還有……一本大自然日記！

「我也不知道原來父王有一本秘密的筆記簿呢。」愛莎帶點迷惘地說。

安娜笑着翻看那本簿，裏面滿是艾爾納國王的文字、畫作，甚至還有一些阿德爾自然奇觀標本，包括一些葉子和壓花。

雪寶也很佩服他：「嘩！他真的寫了很多筆記。」

突然，雪寶留意到筆記上的一幅地圖。「噢！我愛極了地圖！真想知道它會指示人到哪裏去！」他說。

「目的地是個洞穴。」安娜回答。然後她朗讀出艾爾納國王寫在日記的內容：「根據傳說，有一個寶藏收藏在……」

「寶藏！」雪寶高興地大叫。

「你的父王有找到寶藏嗎？有找到洞穴嗎？」雪寶問，他好奇極了。

「顯然沒有。」安娜邊說邊翻頁，發現筆記簿後面的頁數都是空白的。她們的父王沒有在日記寫下他找到這神秘洞穴的事，就只有一幅地圖……

「我們去尋找洞穴吧！」雪寶說。「可能我們還能找到寶藏呢！」

安娜和愛莎對望了一下。「太棒了！」她們站起來異口同聲地說，臉上帶着興奮的笑容。她們倆都很想跟從父王繪製的地圖去找尋目的地。

「萬歲！」雪寶大叫，他立刻跑到閣樓的門口，急不及待想要展開這趟全新的冒險之旅。

克斯托夫和斯特聽見他們的旅程，也很渴望加入。按照地圖的指示，洞穴位於阿德爾的山上。他們收拾行裝，帶齊了所需的裝備便上路了。

他們一行人按照艾爾納國王的地圖，走了一個早上的山路。安娜和愛莎相視而笑，很享受這趟旅程——而她們的父王也彷彿跟她們同行一樣。

不過，斯特則在幻想着寶藏會是什麼。

他們終於來到了目的地，原來是一座美麗的……瀑布！「洞穴呢？」雪寶叫道。

克斯托夫撓了撓下巴：「可能地圖上某些標記已經不同了，始終這也是很久以前畫的。」

安娜想了想：「嗯……或許，洞穴藏身在某處？」

「沒錯！我們四處看看吧！」愛莎提議。

雪寶去看看灌木的後面。「喂！在這裏啊！」他呼喊，並指着地上一個奇怪的洞。

然後有一隻土撥鼠探頭出來。「哈囉！」雪寶跟牠打招呼。「我們可以看看寶藏嗎？」土撥鼠望望他，然後很快又轉身回到牠的窩裏，消失不見了。

「我們要找的應該是一個更大的洞穴呢。」克斯托夫說。「應該大得可以讓我們走進去的。」

「噢，原來如此……」雪寶悄聲說。

「不如去看看瀑布吧！」安娜說。

她走近瀑布，留意到如果在某個角度看進去，似乎可以看到瀑布背後有點東西。是洞穴嗎？

「如果從瀑布走進洞穴，會弄得渾身濕透。我們沒有帶任何替換的衣服呢。」克斯托夫說。

「沒問題！」愛莎說，然後她揮動雙手，將瀑布變成冰。

「美得真像一件藝術品！」安娜說。

他們一行人穿過瀑布，終於走進了洞穴！

走進了神秘的洞穴，他們看見許多不同形狀、大小的鐘乳石和石筍。雪寶從來沒有見過這些岩石。「這些是寶藏嗎？」他問。

「這些石頭雖然很漂亮，但在很多洞穴裏都能找到這類岩石。」克斯托夫解釋說。「我猜寶藏應該是別的東西……」

「我們繼續找找看吧。」愛莎說。

他們繼續在這個奇特的地方裏探索，直至來到一個小型的地下湖。湖水清澈，反映着洞穴牆壁的倒影。

「多壯觀啊！」安娜說。

他們走到地下湖岸邊，雪寶留意到一塊大石上畫了些圖畫。「嘩！」他興奮地蹦跳着，叫道：「我很喜歡這些圖畫！」

愛莎仔細觀看：「看來很古老呢！」

「石上繪畫着一家人呢，就跟我們一樣！」克斯托夫對斯特說。

「家人就是最棒的寶藏！」安娜補充。

「如果說家人就是寶藏……那麼，那是什麼？」雪寶問。他留意到石頭旁邊有一個小箱子，旁邊還有曾經被燃燒的痕跡。

安娜打開小箱子。裏面有一個木彈弓、兩艘小玩具船、一堆色彩繽紛的彈珠，還有幾個……身穿阿德爾軍裝的錫製小士兵呢！

「這些是父王的玩具呢！」她興奮地說。「他真的來過這個洞穴！」

「他還將兒時的玩具留下，給將來到這裏躲避壞天氣的孩子呢。」雪寶笑着補充道。

「這個洞穴真的有滿滿的寶藏啊！」雪寶開心地說。

「每個到訪這裏的人，都能令這裏變得更特別。」愛莎說。

安娜從背包中拿出艾爾納國王的日記。「還欠一點東西！」她說着，就開始在空白的頁面上畫東西。

大家都很喜歡安娜的畫作。他們都知道只有一件事比家人更特別，這就是家族的回憶！

DISNEY

魔雪奇緣

FROZEN

雪寶與他的出奇蛋朋友

◆ 細心呵護 ◆

一個春日早上，安娜和雪寶到魔法森林去探望愛莎。雪寶很開心可以在戶外欣賞初春的氣息：鳥兒吱吱叫、花兒含苞待放、蜜蜂四處飛舞！

「我真喜歡春天。」他興奮地說。

突然，雪寶留意到地面的樹根之間有一個鳥巢。「真奇怪！」他說。

於是，他走近去看個清楚。

「嘩！」雪寶驚歎道，他看見小小的鳥巢裏有一隻蛋。安娜和愛莎在他附近走着，他回頭對她們說：「你們來看！」

姊妹倆就往雪寶的方向跑去。

「我找到了一個新朋友！」雪寶高興地大叫。

「我可以將這隻蛋帶回城堡嗎？」雪寶問。「小鳥孵化出來的時候，我想照顧牠呢！」

安娜微笑說：「你真好，雪寶。但首先我們要確認這個鳥巢是被遺棄的。」

「而且小鳥的父母沒法親自來孵蛋。」愛莎補充說。

「嗯……確是有些奇怪……」愛莎沉思。「現在是早上，而鳥兒這個時候通常會坐在蛋上。」

安娜爬到樹上，從高處俯視四周。「可能發生了點意外。」她傷心地說。

「別擔心。我們會照顧你的！」雪寶說。

回到阿德爾城堡，雪寶在圖書館裏找到一本關於鳥類的書。「鳥蛋有不同的形狀。」他大聲朗讀。「最常見的是橢圓形鳥蛋，濱鳥的鳥蛋卻是尖形的。」雪寶一面讀，斯特一面好奇地觀察鳥蛋。

「那麼關於孵化呢？」安娜坐到雪寶旁的沙發上問。

「首先，鳥蛋要保持溫暖，留在恆溫的環境裏。」雪寶回答。

雪寶頓了頓，他心情很興奮，抬頭望向安娜。「不如為它造件衣服吧！」他建議。

「好主意啊！」安娜喊着說。「我們來幫你吧！我們小時候也曾為毛公仔造過許多衣服呢。」

愛莎笑着說：「雖然成品有時不是很完美！」

雪寶和他的朋友們坐言起行，這件事刻不容緩！

「你知道嗎？原來蜂鳥是世上最細小的鳥類！」雪寶告訴愛莎，而愛莎正在量度鳥蛋的大小。

「還有，原來一隻鴕鳥蛋等如二十四隻雞蛋的大小！」雪寶繼續說。

那件特製的服裝終於造好了，雪寶開心極了。

「接下來要做什麼？」克斯托夫問。

「要避免鳥蛋過熱。」雪寶說。「我也很討厭過熱，」他喃喃自語，然後頓了頓。「什麼是過熱？」

「鳥蛋不能太溫暖。」安娜解釋說。

「噢！我知道我們需要什麼！」雪寶說，然後走出房間。

雪寶拿着安娜的扇子回來，開始為鳥蛋搧風！「別擔心，我小小的朋友！」他說。

斯特表示願意接力，擔起搧風的重任，讓雪寶可以繼續搜集孵蛋的資料。

「每天都要幫鳥蛋轉身數次。」雪寶說。

「小心啊！」安娜提醒他。「鳥蛋很脆弱的。」

雪寶瞪大雙眼，立刻拿來了他的放大鏡。「呼！」他悄聲地說，小心確認蛋殼上沒有任何裂紋。「鳥蛋很安全！」

日子一天天過去，雪寶從來沒有離開過這隻鳥蛋，連一刻也沒有！一想到可以和他的新朋友一起玩耍，他就興奮不已。

終於，鳥蛋孵化了，雛鳥破蛋而出。

「吱，吱，吱！」

「看牠多可愛！」雪寶興奮地叫道。

大家都為此而感到歡欣。

雪寶咯咯地笑。「牠很喜歡我呢！」他說。

克斯托夫笑着說：「不，牠只是喜歡你的鼻子！」

「應該要餵餵牠呢。」安娜補充說。

雪寶執行起他的新任務：照顧雛鳥！他餵雛鳥吃東西，對牠愛護有加。

雛鳥的翅膀長成了，尾巴也長出了羽毛，於是雪寶協助牠嘗試飛行。

「飛吧！」雪寶再三鼓勵小鳥。

幾天後，小鳥終於學懂怎樣飛了。雪寶為他這位朋友感到自豪，但同時也有點傷心。「牠很快要飛走了！」他歎了口氣說。

「小鳥需要在城堡外面的大自然裏生活。」愛莎說。

安娜也附和並安慰雪寶：「但你們仍然可以當一輩子的朋友啊！」

「說得沒錯！」雪寶也認同，於是打開了窗。

「吱，吱，吱！」小鳥叫着，然後溫柔地輕吻雪寶的鼻子。接着，牠就飛到天上。

雪寶跟這位小鳥好友揮別，為牠找到自己的方向而高興！

DISNEY
魔雪奇緣
FROZEN

丟失的玩具

◆依靠朋友◆

冰雪皇后愛莎到阿德爾探望皇后安娜，打算一起度過冬日。愛莎覺得冬天是一年之中最夢幻的時節。姊妹倆聊天散步到船塢附近時，看見一個小男孩在長椅上哭泣。

「你叫什麼名字？」安娜蹲在他身旁問。
「我叫艾力克。」他說。
「你為什麼這麼傷心？」愛莎微笑着問。
「我不見了奧斯卡，我的狐狸毛公仔。」他回答。

「沒有他，我睡不了！」艾力克說。「而且，我聽聞極夜快要來了！」

他父親是來自南國的商人，他告訴艾力克在極夜期間，黑夜會維持一整個星期。艾力克很怕黑，特別是如今奧斯卡不在身邊。

安娜試着令他安心一點：「黑夜並不可怕啊！」

這時，有個商人走了過來，溫柔地搭着艾力克的肩。「對不起啊，兒子，我現在沒法跟你一起找奧斯卡，因為我要工作。」他說。

「如你允許，我們可以跟他一起尋找他的毛公仔啊。」安娜提議。

商人感激地接受。「你們真好。艾力克從來沒有來過阿德爾，你們帶着他，他就不會迷路了。」商人揮別他們，回去工作。

「你今天跟奧斯卡做過什麼？」愛莎問。

「我們到過城鎮，在中央廣場吃了零食。」艾力克說。

「我們從那裏開始找吧！」安娜建議。

他們正要離開船塢，艾力克忽然停了下來。夕陽快要落到地平線下。「糟了！黑夜要來了！」

安娜笑着說：「那很棒啊！我們一起欣賞表演吧！」

「什麼表演？」艾力克問。

「極夜的夢幻色彩啊！」安娜解釋說，指向天際。

小男孩抬頭一看，大為驚奇：「嘩！」

愛莎揮動雙手，創造出一些懸浮在半空的冰結晶。冰結晶反映着天空和峽灣裏美妙的顏色。

「我們尋找奧斯卡途中，還會看見更多夢幻的事情呢。」安娜說着，牽起了艾力克的手。

這小男孩愉快地跟着安娜和愛莎走進村莊，阿德爾的村民開始在家裏燃點起燈籠和蠟燭。

「這些燭光有什麼作用？」艾力克問。

「這些燭光就像天上閃耀的星星，大家都會點起蠟燭，慶祝極夜的來臨。」愛莎解釋說。

安娜看見有位年長的婦人正在布置家門，於是上前問：「請問你有見過一隻狐狸毛公仔嗎？」

「抱歉，沒有啊，陛下。」婦人回答。「不過所有孩子都在建造發光守護者，他們可能會知道有關你丟失的玩具的下落！」

「發光守護者？」艾力克驚歎。

「待會兒你看到就知道了！」愛莎說。

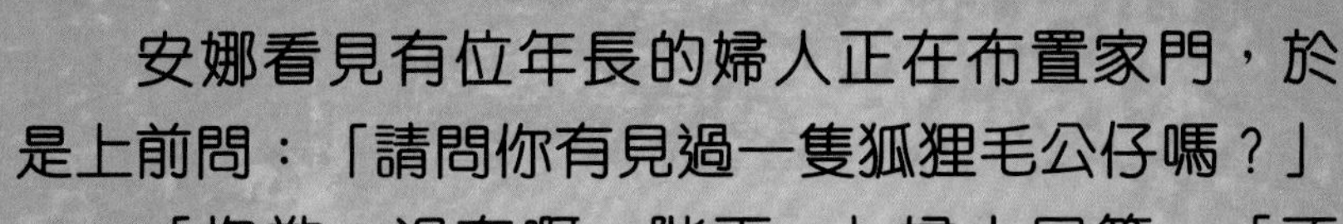

他們來到中央廣場時，那裏充滿夢幻的感覺：村莊的小朋友堆起了許多特別的雪人，雪人手持燈籠，營造了美麗的燈光效果。他們稱這些雪人做發光守護者。

安娜、愛莎和艾力克問小朋友有沒有遇到奧斯卡，但沒有人見過他。

　　艾力克看見其他小朋友在黑夜中仍然一起玩耍，感到很驚訝。「他們都不怕黑嗎？」他問。

「不怕啊！他們很開心可以做些特別的事，就是那些平常很晚才天黑時不能做的事！」安娜說。

「例如圍着營火說故事，或在黑夜中做雪天使！」愛莎補充說。

「黑暗也不是壞事啊。」安娜說。

「它令人平靜，也讓人可以休息，」愛莎說。「而且，我們在黑夜才能看見星星呢。」

「這樣看星夜是最棒的！」安娜補充說，然後在雪地上躺了下來。

艾力克也躺在她旁邊，然後抬頭一看：「嘩！我從來也沒有見過這麼多的星星！」

艾力克指着天空中一條閃爍的帶子：「那一大片光是什麼？」

「古希臘人稱它為銀河，因為看起來就像天空中一條銀色的河流。」安娜解釋說。

「真希望奧斯卡也在這裏。」艾力克傷心地說。愛莎和安娜面面相覷，因為他們在中央廣場沒有看見狐狸毛公仔的蹤影。

忽然間，雪寶出現了。「原來你們在這裏！」他說着，並向安娜和愛莎跑來。

「會說話的雪人！」艾力克驚歎道。

雪寶笑着擁抱艾力克：「你好，我叫雪寶，最喜歡溫暖的擁抱！」艾力克也快樂地抱抱他。

「克斯托夫說今晚是看北極光的良機！」雪寶說。

「北極光？」艾力克問。

「北極光是一種神秘的光，會為夜空填上色彩。是極夜的魔法呢！」愛莎說。

安娜也滿面笑容，說：「根據傳說，極光的出現，是因為有一隻魔法狐狸跑過雪山時，將魔法的閃光傳到天上。」

「是奧斯卡！」艾力克叫道，他想起自己的毛公仔朋友：「請帶我去看北極光吧！」

克斯托夫和斯特很樂意帶他們的朋友來到山上，在最佳的位置欣賞北極光。艾力克高興極了，因為他從來未曾跟馴鹿如此接近過。

他們來到山頂的時候，神奇的事情就發生了。突然間，黃色、綠色和紅色的光在夜空中舞動，真是一場絕妙的表演！

艾力克擁抱着安娜：「現在我知道為什麼奧斯卡要離開了，因為他去了塗畫北極光！」

「他做得很棒呢！」雪寶說。

艾力克也笑了：「他完成之後，就會去探望其他孩子，保護他們，令他們不用害怕。」

「不論朋友身在何處，他們總是會令我們心裏暖暖的，也會幫助我們遠離恐懼。」安娜說。

然後，他們坐着雪橇回到阿德爾，艾力克在途中漸漸睡着。他不再害怕黑暗，因為他知道自己總可以依靠朋友們的愛。